MEU BLOCÃO DE COLORIR

UNICÓRNIOS

EU SOU UM UNICÓRNIO MÁGICO!
EU AMO QUANDO O VENTO BALANÇA A MINHA CRINA!

ESTA É MINHA IRMÃ, E O NOME DELA É BLUE.
ELA ADORA SAIR PARA GALOPAR COMIGO.

NÓS GOSTAMOS MUITO DE BRINCAR JUNTOS.
SEMPRE VAMOS AO BOSQUE PARA ADMIRAR O PÔR DO SOL.

ESTA É MINHA AMIGA, A FADA BRILHANTE.
ELA SEMPRE PINTA MEU CHIFRE COM CORES DIFERENTES.

VEJA QUE LINDO! GOSTO MUITO DO MEU CHIFRE!

O ARCO-ÍRIS ME FAZ SENTIR MUITO BEM!
QUANDO HÁ UM NO CÉU, EU FICO MUITO FELIZ!

O QUE EU MAIS GOSTO DE FAZER
É CUIDAR DA NATUREZA...
... E SENTIR O PERFUME DAS FLORES...

HÁ DIFERENTES TIPOS DE FLORES AQUI NO BOSQUE.

VEJA ESTE LINDO GIRASSOL!
ELE É BEM GRANDE!

VEJA ESTES COGUMELOS! ALGUNS
SÃO GRANDES; OUTROS, PEQUENINOS...

ESTE É O TERRITÓRIO DAS JOANINHAS.
SUAS CASINHAS ESTÃO ESPALHADAS POR TODA PARTE.

EU SEMPRE CONVERSO COM AS BORBOLETAS,
TANTO AS PEQUENINAS QUANTO AS GRANDES.

E TAMBÉM CONVERSO COM AS ABELHAS...

... E COM AS FORMIGAS, TODAS ELAS MUITO OCUPADAS.

A LAGARTA COMILONA ESTÁ SEMPRE MASTIGANDO.

EU GOSTO DE COMER VERDURAS, LEGUMES E FRUTAS VERMELHAS...

EU GOSTO DE COMER VERDURAS, LEGUMES E FRUTAS VERMELHAS

MAS O QUE EU MAIS GOSTO DE COMER
SÃO OS DONUTS DE MORANGO FEITOS
PELA MINHA AMIGA FADA...

À NOITE, MINHA IRMÃ E EU GOSTAMOS DE OBSERVAR A LUA E AS ESTRELAS.

A LUA É ENORME E BRILHANTE.
ELA PARECE UM QUEIJO GIGANTE!

VEJA! UMA GRANDE ESTRELA CADENTE!

ÀS VEZES, SONHO QUE ESTOU DORMINDO NA LUA, E É MUITO MÁGICO!